句集

山桜

竹森雅山

ヌース出版

表紙写真　©PIXTA

昭和天皇陛下　観兵式

（著者所蔵写真）

軍人を志した一人の若者の終戦記

私は昭和二十年（一九四五年）終戦直前の六月末、沖縄陥落などひっぱくした内地の戦況下、陸軍将校として服務していた。そのころ、栃木県那須郡の幹部候補生教育隊が解散となり、兵士はそれぞれ原隊へ復帰していった。時あたかも沖縄が米軍の手に落ちた時期で、いよいよ本土決戦の覚悟を固めなければならないときであった。七月に入り、私の所属する東部軍納《のう》部隊歩兵一七一連隊は、栃木県の駐屯地を出発し、千葉県と茨城県の境に近い小見川に本部を設置し、九十九里浜から内陸へ約一〇キロくらい入った丘陵地帯に陣地を構えるため移駐していった。

納部隊は栃木・茨城・群馬等北関東地方の出身者を主体として編成され師団で、私の連隊は大部分が栃木県の出身者、それに歩兵学校が解散してそこから転属してきた者たちで編成され、年齢もほとんど二十歳代のつわものぞろいでたいへん頼もしい連隊であった。また、これまですでに軍は利根川の渡河演習とか諸兵種の連合演習とか、いろいろ検討、研究もされていた。

私どもの中隊の者は、千葉県の長泉寺を宿営地とし、村民の協力も得て速射砲《そくしゃほう》の陣地を構築したり、付近の地形の偵察を行ったり黙々と毎日を送っていた。村民も協力的でなんらかの覚悟をしている様子であった。当時九十九里浜沖合いには敵の潜水艦が出没しているとの情報もあり、また敵の戦闘機グラマン等の飛来も次第にふえてきていた。

八月になり、広島に新型爆弾が投下されて相当な被害が出たという情報も伝わり、九日にソ連軍が不法にも満州へ侵入してきたという情報も入ってきて、これは大変なことになったと思った。

八月十四日、明十五日の正午にラジオによる重大放送があるので拝聴するようにとの通報があり、これは先にソ連軍が参戦してきたことに伴い、陸軍大臣の「全軍将兵に告ぐ」という布告があったので、さらに決起をうながすものではないかと思いつつ、十五日共興村の大きな農家の庭に数十人集まりラジオ放送を聞いた。しかし雑音が多くて何のことか全く分からなかった。後にそれが戦争終結についての玉音放送であったことを知った。そのときは身体全体から気力が抜けていくようで何とも言いようのない気持ちだった。当時の日記に

「終夜国の前途を思いて寝《い》ぬること能《あた》わず、涙の流るるを如何《いかん》ともなし難し。一晩中これから日本国はどうなるのかといろいろ思い巡らしていつまでも涙がとまらず、眠ることができなかった」

と記している。

そのうち、「部隊は現態勢のまま不測の事態に備えよ」と命令が伝達されてきた。しかしその後約一〇日間米軍の上陸もなく、隊内はもちろん村民の中も平静で不測の事態などは起こらなかった。ただこれまで夜は灯火管制で暗闇であったのが、家々の灯火が見えるようになったのには、ほっとさせられた。八月二十四日、連隊は下館《しもだて》付近に集合することとなり、現地を引き上げることになった。

当時私は陸軍中尉、中隊長を命ぜられてそう間のないときであったが、無念さとこれからへの不安と複雑な思いを抱きながら、折から十八夜の月が辺りを照らし、秋の虫が無心に鳴いている中を夜行軍《やこうぐん》して行った。利根川を渡って茨城県に入り水郷地帯を通り、途中数回宿営して二十八日下谷貝宿営地に到着した。

八月三十日、第一大隊長松海少佐を長とする栃木臨時憲兵隊が設置されることとなり、私もそれに参加するよう命令を受け、総勢約五〇〇名の臨時憲兵隊が編成され、九月四日宇都宮へ向かった。宇都宮では元輜《し》重《ちょう》兵《へい》連隊の兵舎を使用した。臨時憲兵隊は終戦、そして米軍進駐等によって起こるかもしれない暴動等に対する治安の維持に当たることが目的であった。九月十日ごろ米兵一五〇名ほどが宇都宮駅前を通過して仙台方面に向かったという情報もあったが、そのうち臨時憲兵隊は解散することとなり、九月十七日第一次の召集解除で大部分の者が除隊となり帰郷していった。そして九月二十一日臨時憲兵隊は解散した。同日付をもって私は宇都宮師管区司令部へ転属となった。そこで司令部へ出頭してみると一人の将校がいるだけでほかには誰もいないし、当面やることもない。「司令部付」と名目は立派だが、とにかく自分の宿泊そして食事をする所を見つけなければならない。市内の裏通りにある薄暗い家に一晩泊めてもらった。終戦で物資や食糧のない混乱のときに市内に下宿できるような所は皆無である。以前士官候補生時代を過ごした懐かしい東部三六部隊へ行ってみたが、兵舎は荒廃して誰もいない。憲兵隊の跡へも行ってみたがここにも誰一人いない。部屋の中に毛布があったのでそれにくるまって一夜を過ごした。部隊という組織の後ろ盾を失い、知人のない場所に一人にされた者の無力さ、弱さ、みじめさをつくづく味わった。だからといって除隊でないので故郷へ帰るわけにもいかない。その後市内で偶然元部下であった仁科上等兵に出会い、市郊外の上等兵の家に御厄介になることになった。地獄に仏とはこのことで大変ありがたかった。ついで大阿久上等兵の家に御厄介になった。しかしこのままではどうにもしようがない。そこで司令部の高級副官と話し合った結果、予備役編入願書を出せということになり、いわれるとおりの願書を提出した。そして十月三日予備役編入除隊が決定した。

十月四日、宿泊先の上等兵に大変お世話になったお礼を述べ故郷へ向かった。途中東京駅前の広場で大人の群れが米兵から煙草や菓子などをもらっている有様を見て情けなかった。汽車は大変な混雑で宇都宮から京都まではずっと立っていた。

九月に西日本を襲った台風の災害がはなはだしく山陽本線は不通、呉線を経由しやっと岩国まで帰ったが、岩徳線も不通、そこで柳井へまわって柳井駅で下車し、六日の夜に馬皿の姉の家に泊まり、翌日歩いて故郷の家に帰って来た。故郷は水害により田畑はいたるところ土砂に埋まり、さながら河原を思わせる荒涼たるものだった。

生きてこうして帰ってきたことが、恥ずかしいような、申し訳ないような、相済まないような妙な気分であった。戦争は終わった。そして日本は降伏した。これから先どんな苦難がやってくるかもしれない。これに対してそれこそ耐え忍んでいかなければならないと思った。

以後、絶対戦争を起こすことなく、平和的解決の努力を惜しんではならない。

（著者・終戦当時二三歳）

『郷土の戦争体験記』（氷室戦時記念誌編纂会編集　平成十八年八月発行）所収

まえがき

句集「山桜」は父竹森猛（俳号雅山）の白寿を記念してできたものである。

親類縁者でこれほどの長寿を迎えるのは初めてなので、祝いの席はもちろんとして何か後に残るものはと考え、句集の作成を勧めた。当初は晩学を理由に乗気ではなかった。しかしたまに掲載される新聞の投句を見た方より電話を頂くことも多々あった。本人は耳が遠いので家族で対応し、あとで伝えると、満更でもない様子であった。そこで、何とか説得して二百句位を選ばせた。友人知人はほとんどが故人であるので、身内を中心に配ろうかと言うまでにこぎつけた。本人もだんだん意欲がわいて来たのか、亡き母や中国戦線で戦死した兄の写真も出来れば載せたいと言いだした。

どうすればいいのだろうと考えていたところ、タイミングよく出版社をなされている宮本明浩氏と知遇を得た。相談したところ驚いたことに出版を勧められた。一応素直にお聞きしたが、出版社のお荷物になりはしないかと心配している。

令和三（二〇二一）年六月　竹森正孝

学童の黄色い傘や菜種梅雨

ペタル踏む足軽やかに更衣

エンジンの調べもかるく初田植

梅雨寒や駅舎に人の影もなく

忠魂碑かわらぬままの蝉時雨

夏草やしげれるままの過疎の村

月の出や鎮守の森の影黒く

秋時雨案山子を残し暮れ急ぐ

水仙の芽を遠ざけて薪を割る

見送れば軒灯淡く春の雪

はや雨となっているらし春の宵

追憶の夢限りなく春の雨

鍬の柄を杖に憩うや畔づくり

風鈴や孫の短冊吊しけり

わが好み知り居て妻の冷奴

銀行の鎧戸にある残暑かな

鎌研いでしばし憩ふや露の朝

落日の空と融け合ふ櫨紅葉

めいめいの生様ありて年暮るゝ

ささやかな幸せでよし屠蘇の盃

白壁の崩れし蔵や梅の花

掘りたての筍どかと土間に置き

戸を明けて植田の風を隅々に
青柿のポトリと落ちて昼しじま

朝しじま老が掃き居る花火屑

目薬をさして野に出づさわやかに

手土産に媼が秋の香をそえて

菊日和揃ひの法被店開き

菜を間引く手は休まずに話しかけ

白足袋の黙せし巫女の落葉掃く

山波の空と離れて冬に入る

平成の朝もかわらぬ寒雀

年立つや富士の色紙を入れにけり

春寒や剣士の気合若々し

ゆったりと鳶輪を画く寒の明け

梟の声温みあり春の宵

春光やバス待つ子等の輝けり

掘り崩す土の匂ひも春近し

手をのべて確かめてみる春の雨

花冷えや熱い味噌汁よかりけり

格子戸の古き町並梅雨に入る

夏シャツの溢れバス停下校どき

建設の橋脚そびえ夏の雲

外人の腕の太さやビール呑む

蘇る重たき暦原爆忌

日焼して孫一段とたくましく

さゝやかな平和を思ふ胡瓜もみ

小夕立土の匂ひを残し去り

にぎわいの遠のきし浜鰯雲

寄り合ひのお開きとなり十三夜

初霜のはかなく消へて天の蒼

転居して残りし墓に木の実降る

過ぐる日に旅せし所雪便り

平成の文字にも順れて賀状書く

元日やかくも静かな街なりしか

幽魂の遊ぶに似たり野火燃ゆる

春風や背中に余るランドセル

古里は風も染りて山若葉

来し方を思いつ雨の朝寝かな

蛍火や再入院の知らせ聞く

夏雲や我にも若き日のありし

子も孫も帰りし夜や天の川

水底の岩ありと秋の湖

立ち話背中に丸き小春かな

駅伝の試走すぎゆく初時雨

靴音のこつこつ返へる寒の朝

跡継のなき春耕を始めけり

人に聞く落人の里遅桜

昼疲れして長々と吹き流し

梅雨寒や客なきバスの通ひけり

蟻二匹天下の大事話しおり

通帳の残額にらむ暑さかな

きりぎりす鳴くや戎衣を着けし頃

大風に裂けし古木や月明り

灯下親し去年の旅の写真集

村人の皆優しくて冬構

制服がかたまっている日向ぼこ

落石に注意せよとて山眠る

田へつづく轍の跡や下萌ゆる

ものの芽や幼子の靴庭先に

花の丘遠きいくさの忠魂碑

母の日や思い出の母老ひの母

梅雨に入る小さき駅の善意傘

月日経つことの早さよ魂迎

補聴器の購売見本敬老日

馬肥ゆる大阿蘇の山紫に

落日の火の色となり木守柿

初茜盆地は覚めること早し

人一人動くが見えて畑の梅

薮椿名も無き谷の五輪塔

片蔭に沿い白壁の町短か

夜の秋地球も星のその一つ

草野球自転車置場の残暑かな

野仏の寂光浄土秋の蝶

山里の肌のぬくもり吊し柿

落すべきものみな落し枯木立

声変りせる孫も居て鬼やらふ

武者人形目線定めて飾りけり

雨蛙乗せて出発トラクター

大夕立ち竜ガ嶽よりまっしぐら

秋暑し水無川の石の顔

仕舞湯の音と聞きいるちゝろ虫

一両の電車野に消ゆ曼珠沙華

身の皮を剝ぐように脱ぐ汗のシャツ

蟷螂の落武者めくが斧をあぐ

初日の出命の音の確かとある

寒月や凍るいたみの大震災

炎昼や一村息を殺す刻

新米の温もり覚ゆ一握り

春浅し特価四円の広辞林

夕焼や征きて還らぬ基地知覧

死に支度致せ致せと蝉の声

大寒や病み臥す妻の手を握る

冬の雨六畳二間が我が世界

終日を炬燵ですごす身となりて

妻恋し障子の影に日脚伸ぶ

日本の空は真青赤とんぼ

路地裏の鎧戸にある残暑かな

月涼し心に掛かる事も失せ

墓洗うわが墓洗う者達と

臥す妻の巳が年令《とし》聞く夜長かな

夕ぐれの山里の風涼新た

月光のさし込む部屋の広さかな

月皓々防犯灯は影淡し

木の葉散るこの一年が音立てて

好日や池の底にも鰯雲

里よりの土産の柚子をもらいけり

行く人の何んとはなしに年の暮

菊日和仲むつまじく六地蔵

石地蔵上衣預かる小春かな

見送れば軒灯淡く春の月

日の丸の色あざやかな今朝の春

アルプスに連なる伊那の紅葉かな

行くほどに斯の道遠し去年今年

老農のくらし変らず吊し柿

山住みの庇の深き初明り

客去りて仰ぐ夜空や秋近し

田舎駅降りて明るき若葉雨

黄落の吹き寄せられし小溝かな

竿売りの声遠ざかる片時雨

人責むる心も薄れ月涼し

時刻む音を伴侶に秋の夜

縁側に仔猫も生る小春かな

枯菊を焚いて一人の刻惜しむ

時雨るゝや伐採音の止みており

台風に裂けし古木や月明り

更衣してすっきりと背を伸し

畑に焼く煙溶けゆく鰯雲

霜日和煙まっすぐ立ちのぼる

七十路はまだ青春と初便り

またもとの橋にもどりて花は葉に

青田風住むにやすけき深庇

静かなる図書館でれば町晩夏

思ふこと何もないまゝ日向ぼこ

黄落の終章木々の幹しまり

うず高き廃車の骸冬銀河

春の雨軒下を猫通りけり

囀やお昼寝刻の保育園

馴染みたる筆を洗いて年惜む

秋日和村に国道開通す
平成十三年度　ＮＨＫ　全国俳句大会入選

石積の高き屋敷や葉鶏頭

聞き流すことも覚えて日向ぼこ

木の葉散る戻らぬ刻が音立てて
しぐるるや大売り出しの人だかり

練兵の想いは遠く秋の雲

耕せる土新しく冬隣

松手入れ終えたる空の青さかな

若竹や幼き日のこと友のこと

一年の過ぐる早さよ落葉掃く

陰陽をくっきり見せて峡の秋

空透けてあっけらかんと冬木立

病む妻の見易き位置に初暦

病室のカーテン替わり年新

優しさが何より嬉し老の春

臥す妻の木の揺れを指す老の春

湖《うみ》渡る風の色にも早春賦

雛祭り人形洗ひし娘も母に

なんとなく妻居る気配春炬燵

機嫌よき高さとなりし雲雀かな

踏青や傘さす程の雨ならず

雨音を耳に安堵の朝寝かな

親竹を一気に抜いて今年竹

ものの音なべてやわらか竹落葉

居てくれと病妻の云う梅雨晴間

鎌研げよ明るくなりし秋夕べ

銀行の出入りの顔も年の暮れ

亡き妻の声聞くような日脚伸ぶ

妻の名を一人呼びゐる炬燵かな

兄眠る彼の地の黄砂届きけり

兄高田亀助　昭和十二年十月十六日午前五時　支那山西省忻県南壊化下王庄
にて、戦死当年二十二歳

夏近し軍手にしみる草の香も

妻逝きて一人炬燵の日の長き

畑打つや土中の蛙目を覚ます

駅を出て旧友に会う夏帽子

コーヒーの程よき加減梅雨晴間

亡妻《つま》の住む黄泉《よみ》の国でも初夏なのか

僻村も住めば都よ青田風

棄て難き汗の臭いの戒衣かな

鬼やんま出入り自在の山家かな

湖の空を写すや赤とんぼ

月の出や兄と帰へりし田圃道

紺碧のダム湖の底も鰯雲
平成十四年度 NHK 全国俳句大会入選

放牧の牛悠々と師走かな

雪達磨つくる程には雪降らず

曽孫の産まれし知らせ梅日和

はるかなる戦場思い卆業す

さざなみや湖面に映す山桜

天敵の無き顔をして寒烏

鬼瓦とびとび遊ぶ寒雀

新茶もむ亡妻《つま》の姿を思ひけり

白雲を写し植田のすがすがし

子等連れて海水浴や伊保の庄

青春は七転八苦枯野行

落武者の如く分け行く枯野かな

甲種合格遠き我等の成人日

空缶の転げ走りて春一番

梅開花ちらほら届く日和かな

梅雨寒や布団の中で思ふこと

暑いと云うもおろかな酷暑の日

カンカン帽男の威厳どこにやら

木犀や妻と旅せし伊豆のこと

秋彼岸働き者の母なりし

コスモスや風にまかせて自在なり

あるなしの風に香をのせ金木犀

新藁の匂ひただよう里の道

百姓や子も一役す秋の暮

小春日や飛行機雲の流れをり

若き日の妻の写真に日脚伸ぶ

午後六時明るい夕食豆ご飯

テレビ消し外に出づれば若葉風

風鈴の鳴れば吊せし亡妻《ひと》思ふ

梅雨明けを告ぐるが如き雷雨かな

日盛りや郵便受けに回覧板

親と子の音重なりて草刈機

棒切れでつゝけば蟷螂怒りけり

冴返るバス待つ人の物云わず

相槌も言葉の一つ夕すゞみ

寝る前の沈思黙考虫の声

無雑作に積みし豆殻今朝の霜

月天心湖底となりし村の家

日脚伸ぶ年に一度の薬売り

鳶の舞う空となりけり水温む

春寒し砥石にしみる錆の跡

わだかまり次第にとけて鰯雲

春昼や次は背中と聴診器

鯉幟ひたすら風を頼みけり

夏草や匍匐前進兵として

肝腎なこと言ひそびれ秋扇

銀漢や隣の家の灯も消えて

ソロモンの海を泳ぎし君も逝く

中国新聞　俳壇賞　平成三十年九月十一日　【評】先の大戦で日米の激戦地、ソロモン諸島で多くの犠牲者が出た。辛うじて生き残った戦友も亡くなり、96歳の作者の悲痛な思いが伝わる。不戦の誓いを新たにする句だ。

縁先にアルバムめくる小春かな

人住まぬ家の畠や梅の花

戦争も平和も生きて桜かな

【評】苛酷な戦争に従軍し敗戦の混乱を生きてきた。折しも「令和」の御代を迎え、平和への願いは格別に強い。

滴るほどにはならぬ春の雨

無人駅降りて眩しき柿若葉

店の名を大きく書いた澁団扇

山畑に来て涼風に会ひにけり

芋の露少くなりし小学校

広々と団の神遊ぶ刈田かな

茶の花や古き石垣残りをり

早春と云うそよ風の匂ひけり

おわりに

今年私は白寿を迎へた。白寿の記念に俳句集を作ったらと子供達の要望により、作ることにはしたが下手な作品であり、体力の事も考えて迷ったことも本当である。何しろ私が俳句を始めたのは六十四歳の時である。当時祖生公民館の活動の一つとして、俳句の会（祖生句会）を始めてはと云う話がおこり、下祖生出身の山根薫風先生を指導者として、老若男女入交り二十名近くの者でスタートしたのが起こりで、私もその一員として参加したものである。素人の初心者ばかり、句会の在り方も、季語のことも解らぬ者ばかりであったが、先生の適切な指導の下毎月一回の句会を重ねるに従い、俳句らしい句も出来るようになって来た。おしくも薫風先生が六十八歳の若さで突如急逝されたことにより一時句会は頓挫した。しかし岩国市柱野の野川呑風先生を指導者として迎へることになり、祖生句会も継続することが出来た。私も毎月一回の句会には欠かさず出席したものである。その後私も八十三歳となり、自動車の運転を止めてからは句会への出席も出来なくなった。それからは時々中国新聞の俳壇へ投句するようになって現在に到ったのである。

この句集は凡作駄作の句集であるが私自身の作品である。どうかその気持で笑って見てやって下さい。

著者紹介
竹森 雅山（たけもり がざん）

大正 11 年 2 月 3 日山口県生まれ。陸軍士官学校卒（57 期生）。
本名、竹森猛（たけし）。
昭和 27 年 4 月 1 日　祖生村役場に就職。（町村合併により周東町となる。）
昭和 52 年 5 月 31 日　各役職を経て、周東町役場を退職。
農業の傍、植林に励み、次の役職を勤める。
　周東町選挙管理委員会委員
　周東町固定資産審査委員会委員
　祖生句会幹事
　岩隈八幡宮総代
　善徳寺総代長

句集　山桜

2021 年 9 月 7 日　初版発行

著　者　竹森雅山
発行者　宮本明浩
発行所　株式会社ヌース出版
（本　社）東京都港区南青山２丁目２番１５号　ウィン青山 942
　　　　電話　03-6403-9781　　URL　http://www.nu-su.com
（編集部）山口県岩国市横山２丁目２番１６号
　　　　電話　0827-35-4012　　FAX　0827-35-4013

ISBN978-4-902462-26-5